transarte 1
cataloghi d'arte

Galleria
transarte

10 dicembre 2004 - 31 gennaio 2005
10.Dezember 2004 - 31.Januar 2005

mostra e catalogo a cura di /
Austellung und Katalog herausgegeben von
Sergio Poggianella

coordinamento editoriale e comunicazione /
Verlagse Koordinierung und Presseamt
Micaela Sposito

fotografie / Fotografien
Giulio Malfer

traduzioni / Übersetzung
Hannelore Diesterweg
Thomas Queins

impaginazione / Herstellung Katalog
Thamara Meneghini

Partners:

© Nicolodi Editore
via dellArtigiano 30, Rovereto (Tn) - Italia
info@nicolodieditore.it

© Galleria Transarte, 2004
C.so Bettini 64, Rovereto (Tn) - Italia
info@transarte.it
www.transarte.it

ISBN 88-8447-165-6

Nelly Bührle-Anwander

il mondo di / die Welt der

Petronilla
vizi pubblici e private virtù
Öffentliche Laster und Private Tugenden

a cura di / herausgegeben von
Sergio Poggianella

Indice

8 Petronilla, artista-antropologa
  di Sergio Poggianella

25 Le Opere

78 Note biografiche

Zeigefinger

9 Petronilla, Künstlerin und Anthropologin
  von Sergio Poggianella

25 Die Werke

79 Biographische Noten

**Petronilla
artista-antropologa**
di Sergio Poggianella

Petronilla vive nella tranquilla provincia austriaca, dove la vita trascorre apparentemente in modo regolare e la gran parte della gente – come intrappolata nostalgicamente nella memoria dell'Austria Felix dei tempi di Francesco Giuseppe – sembra vivere felice. Anche "Il Mondo di Petronilla" appare gioioso, solare, quasi una *teoria-divertissement* di tipi femminili, un'*arte divertita e divertente*, per lo più a grandezza naturale per meglio stuzzicare lo sguardo e incuriosire tutti gli altri sensi: la raffinatissima versione del *papier-mâché* in cui sono realizzate le sculture le rende irresistibili. Toccare per credere! Ed ancora una volta Petronilla trascina al sorriso e alla risata.

Ma sarebbe scontato fermarsi qui. Questa donna dal corpo apparentemente fragile e dallo spirito altrettanto apparentemente incantato sa farsi fine e sagace interprete del nostro tempo e dei fenomeni sociali correlati, sperimentando e raffinando il proprio linguaggio a partire dal bisogno di porsi interrogativi e darsi un ventaglio diversificato di risposte.

Petronilla, a pieno titolo, è un'artista consapevole e forse un'inconsapevole antropologa. La modalità della sua osservazione partecipante dell'ambiente sociale, a fondamento della sua arte, rimane ancora oggi uno dei paradigmi basilari proprio delle discipline umanistiche, a partire dall'antropologia. Come una provetta antropologa Petronilla, infatti, mette in pratica l'analisi di forme e significati dei comportamenti umani in un ambiente che "quando mostra il suo volto innocente e amabile, lo mostra in campo turistico per trarne profitto" come afferma il Premio Nobel Elfriede Jelinek. È l'ambiente che vive il retaggio dell'Austria Felix, ma anche l'ambiente omologante delle società occidentali tutte.

Petronilla, unitamente allo sforzo intellettuale del porsi nei panni dell'osservato, senza perdere la propria identità, riesce ad astenersi dall'esprimere giudizi.

Petronilla
Künstlerin und Anthropologin
von Sergio Poggianella

Petronilla lebt in der ruhigen österreichischen Provinz, wo das Leben scheinbar geruhsam verläuft und wo die meisten Menschen – wie gefangen in der nostalgischen Erinnerung an das Austria Felix zu den Zeiten von Franz Joseph – glücklich zu leben scheinen. Auch „Die Welt von Petronilla" erscheint heiter, sonnig, nahezu eine *Divertissement-Theorie* der Frauentypen, eine *vergnügte und vergnügliche Kunst*, und dazu in natürlicher Grösse, um den Blick auf sich zu ziehen und alle übrigen Sinne anzusprechen: Die ausgesprochen raffinierte Version des *Pappmachés*, aus der die Skulpturen angefertigt sind, macht sie unwiderstehlich. Man muss sie berühren, um es zu glauben! Und ein weiteres Mal verleitet Petronilla zum Lächeln und Lachen.

Doch damit nicht genug. Diese Frau mit ihrem scheinbar zerbrechlichen Körper und ihrem scheinbar träumerischen Gemüt ist eine fein - und scharfsinnige Interpretin unserer Zeit und ihrer sozialen Phänomene, die mit ihren Ausdruckformen experimentiert und sie weiterentwickelt, ausgehend von dem Bedürfnis, sich Fragen zu stellen und sich darauf einen ganzen Fächer von verschiedenen Antworten zu geben.

Petronilla ist vollkommen zu Recht eine bewusste Künstlerin und vielleicht eine unbewusste Anthropologin. Die Art und Weise der teilnehmenden Beobachtung der sozialen Umwelt, welche die Grundlage ihrer Kunst bildet, bleibt auch heute noch eins der grundlegenden Paradigmen der humanistischen Disziplinen, ausgehend von der Anthropologie. Wie eine erfahrene Anthropologin setzt Petronilla die Analyse von Formen und Bedeutungen der menschlichen Verhaltensweisen in die Praxis um, in einem Ambiente, das „sein unschuldiges und liebenswürdiges Antlitz im Bereich des Tourismus zeigt, um Profit daraus zu ziehen" wie die Trägerin des Nobelpreises für Literatur Elfriede Jelinek sagt. Dies ist das Ambiente, das das Vermächtnis des Austria Felix lebt, jedoch auch das homologierende Ambiente

Così la *teoria-divertissement* di tipi femminili (quella delle sculture in *papier-mâché* ma anche quella dei disegni satirici), a cui fa da efficace contrappunto la serie di tipi maschili a materializzare la riflessione sul confronto tra generi (femmina/maschio), è smascherata della sua apparente leggerezza. Petronilla, nel suo fare arte, crea un teatro di tipi assai rappresentativi e ragguardevoli: sono personaggi, caratteri delle nostre realtà, mescolati ad altre che apparentemente appartengono a contesti estranei e distanti. Altere e prosperose signore africane in *haute couture* accanto ai toreri o alla coppia di cinesi; o la crocerossina discinta che ostenta la giarrettiera accanto ad una sciamana e alla maliziosa Vispa Teresa; o ancora un anacronistico re con il suo inseparabile buffone accanto alle signorine-bene in griffe e ad una coppia di bagnanti (lui costume e cagnolino, lei costume e borsetta) pronti per un *défilé* da *tipi da spiaggia*. È la messa in scena di una *commedie humane* globalizzata dove i personaggi, nella loro evidente diversità, sono accomunati dall'esigenza di dimostrare il proprio *status sociale*, risultando comici nell'atto stesso di indossare la nuova maschera.

Nonostante l'apparenza, il ritratto sociale di Petronilla è impietoso: quei personaggi rimangono impelagati nell'imperante futilità dell'apparire, del riconoscersi e del rivaleggiare. La vena satirica di Petronilla si insinua nelle crepe del perbenismo borghese di facciata: tanto il Sublime quanto il Volgare concorrono alla messa in discussione della Normalità, del Quotidiano. Come ogni prodotto culturale contiene in sé il suo contrario, così la morale imposta presuppone la sua trasgressione. È la realtà contraddittoria messa a nudo dalla penna acida e implacabile di Thomas Bernhard, celebre scrittore e drammaturgo austriaco: il diffuso benessere rivela sempre un anomalo malessere che coincide con le difficoltà e i travagli a cui è costretto l'individuo per raggiungere lo *status* agognato.

Anche una provocante suora griffata con tacchi a spillo è alla ricerca del successo in società. Si

aller westlichen Gesellschaften. Ausser der intellektuellen Anstrengung, der es bedarf, um sich in die Lage des Beobachteten zu versetzen, ohne die eigene Identität zu verlieren, gelingt es Petronilla auch, sich jeden Urteils zu enthalten.

So wird die *Divertissement-Theorie* der Frauentypen (die der Skulpturen aus Pappmaché, jedoch auch die der satirischen Zeichnungen), zu der die Serie der Männertypen den Kontrapunkt bildet und die zu einer Reflexion über den Vergleich der Geschlechter (weiblich/männlich) auffordert, durch ihre scheinbare Leichtigkeit entlarvt. Petronilla schafft mit ihrer Kunst ein Theater von repräsentativen und angesehenen Typen: Es sind Persönlichkeiten, Charaktere unserer Wirklichkeit, vermischt mit anderen, die scheinbar fremden und fernen Kontexten angehören. Erhabene und üppige afrikanische Damen in *Haute Couture* neben Toreros oder einem chinesischen Paar; oder Rotkreuzschwester, die das Strumpfband neben einem Schamanen und der arglistigen, gedankenverlorenen Träumerin zur Schau trägt; oder ein anachronistischer König mit seinem unzertrennlichen Hofnarr neben gutbürgerlichen Damen in Designerkleidern und einem Paar Badenden (er Schwimmhose und Hündchen, sie Schwimmanzug und Handtasche), bereit zu einem *Défilé* der *Strandtypen*. Es ist die Inszenierung einer globalisierten *Commedie humaine*, wo die Figuren sich in ihrer offensichtlichen Verschiedenheit aus dem Bedürfnis heraus zusammenfinden, ihre *Statussymbole* vorzuzeigen, wobei sie dadurch komisch werden, dass sie die neue Maske tragen.

Auch eine provozierende Designernonne mit High Heals ist auf der Suche nach dem gesellschaftlichen Erfolg. Es handelt sich um den gleichen Erfolg, der auf tausend verschiedene Weise von einem Fernsehen verabreicht wird, in dem sich alles um die Einschaltquote dreht; ein Erfolg, der das letzte Ziel zu sein scheint, das um jeden Preis erreicht werden muss. Er ist das offensichtlichste Symptom des Dilemmas von „Sein oder Schein", ein

tratta dello stesso successo, propinato in mille modi da una televisione implosa nella questione dell'*audience*; successo che sembra essere il fine ultimo da raggiungere a tutti i costi. È il sintomo più evidente del dilemma "Essere o Apparire" che riecheggia l'amletico "Essere o Non Essere": difficili da sciogliere i nodi della questione quando si tenta di comprendere la natura dei malesseri sociali. Fra le infinite soluzioni possibili, Petronilla artista-antropologa propone una visione ironica del mondo in cui la dicotomia tra "Essere o Apparire" coincide con quella tra "Private Virtù e Vizi Pubblici": apparenze, ambizioni e frustrazoni, illusioni e disillusioni, trovano esemplarmente una collocazione possibile nelle forme e nelle pose delle suore griffate e ammiccanti. Un mondo questo, ossessionato dalla filosofia dell'apparire, che ricorda molto da vicino la "Roma" di Federico Fellini, in particolare la scena delle sfilate per la scelta degli abiti degli ecclesiastici e l'apoteosi finale del papa portato in trono in uno sfavillio di paramenti ingioiellati e di luci lampeggianti; una riuscita ricreazione del Paradiso dantesco, in terra.

Così Petronilla, in un continuo gioco di fumetti a tre dimensioni squillante di colori, trascina l'osservatore in un vortice di riflessioni. Tra queste non trascura la disamina del confronto-conflitto tra generi: da una parte la Femmina, dall'altra il Maschio. Nelle società occidentali imperversano saghe familiari che finiscono in tragedia o rapporti di coppia che non si sfasciano solo perché un vuoto futuro sarebbe ancora più doloroso. "In Origine... Eva e Adamo". Ecco allora che compare sul palcoscenico un Adamo nero nell'atto di esibire il suo potere riproduttivo, affiancato da una Eva bianca coperta da una foglia di fico che nasconde un attributo maschile – in gergo si direbbe *una donna con le palle* – che ricordano l'origine dell'Uomo, quando poche centinaia di migliaia di anni fa lasciò l'Africa per stabilirsi nel continente europeo: dall'Europa, che negli ultimi 500 anni e secondo i noti meccanismi dell'autoreferenzialità si è considerata la *culla della*

Echo auf Hamlets „Sein oder nicht Sein": Knoten, die nur schwer zu lösen sind, wenn man versucht, die Natur der gesellschaftlichen Malaise zu begreifen. Unter den unzähligen möglichen Lösungen bietet Petronilla als Künstlerin und Anthropologin eine ironische Weltsicht, in der die Dichotomie von „Sein oder Schein" mit der der „Privaten Tugenden und der Öffentlichen Laster" zusammenfällt: Äusserlichkeiten, Ambitionen und Frustrationen, Illusionen und Delusionen finden eine mögliche Interpretation in den Formen und Posen der und zwinkernden Designernonnen. Dies ist ein Welt, die von der Philosophie des Scheins besessen ist und die stark an „Roma" von Federico Fellini erinnert, vor allem an die Szene mit der Modenschauen für die Wahl der Kleider der Geistlichen und die abschließende Apotheose des Papstes, der in einem Gefunkel von juwelenbesetzten Paramenten und blinkenden Lichtern zum Thron geführt wird; eine gelungene Neuerschaffung von Dantes Paradies auf Erden.

Und so zieht Petronilla den Beobachter mit einem kontinuierlichen Spiel von dreidimensionalen Comics in schrillen Farben in einen Wirbel von Reflexionen. Dabei vernachlässigt sie jedoch nicht die Untersuchung des Vergleichs und Konflikts zwischen den Geschlechtern: auf der einen Seite die Frau, auf der anderen der Mann. In den westlichen Gesellschaften nehmen Familiensagen überhand, die in Tragödien enden, oder Beziehungen von Paaren, die sich nur deshalb nicht zerfleischen, weil eine zukünftige Leere noch schmerzhafter wäre. „Am Anfang... Adam und Eva". Und so betritt auch ein schwarzer Adam die Bühne, der seinen Reproduktionsapparat zur Schau trägt, begleitet von einer weißen Eva, die unter dem Feigenblatt ein männliches Attribut versteckt – *eine eMANNzipiete Frau*, könnte man sagen – die an den Ursprung des Menschen erinnern, als er vor ein paar Hunderttau-send Jahren Afrika verlies, um sich auf dem europäischen Kontinent niederlassen: In

Civiltà, l'Uomo si è sentito autorizzato a colonizzare il resto del mondo. E la Donna? Prepara il proprio riscatto. In "Eva porta Adamo al guinzaglio" la Donna si prende un'altra rivincita, sottolineando il fatto che il potere è sempre legato al modo di rappresentarsi: in questo caso Eva oltre ad esercitare il proprio dominio attraverso il guinzaglio, è riprodotta in una dimensione maggiore rispetto a quella di Adamo. La soluzione visiva che l'artista propone attraverso sculture e disegni – con i quali le categorie di Arte e Artigianato vengono fuse negli strati di carta e nei colori finali che le ricoprono – taglia di netto il nodo gordiano delle incompatibilità di genere. Nonostante il sano femminismo degli Anni Sessanta abbia cercato di recuperare l'autonomia della donna, stanca di fare prevalentemente la madre e la regina della casa, i problemi di relazione sono rimasti insoluti e soprattutto nella civiltà Occidentale si sono acuiti.

Il *maschilismo* e il *dongiovannismo* sono ancora molto praticati e moralmente accettati, mentre un fenomeno dilagante come la prostituzione sembra esistere, nella mentalità comune, solo perché le immigrate, diventate la bassa manovalanza del sesso, moralmente biasimevole, battono le strade o le case di appuntamento in cui maschi, anziché esseri alieni, cercano conforto alle loro frustrazioni familiari e sessuali. Divorzi e separazioni sono in progressivo aumento e l'incomprensione fra l'uomo e la donna porta a rotture insanabili e anche alla perdita dell'amicizia; coppie con o senza prole che hanno vissuto felici e contente per molto tempo improvvisamente si separano per i torti subiti e mascherati sotto la formula dell'incompatibilità di carattere o per il fatto di essere troppo simili: umane strategie di sopravvivenza dettate dall'impotenza nel compiere scelte critiche, che metterebbero in discussioni troppe certezze acquisite diventate inutili strumenti fuori uso. Di fronte a questo sfacelo coniugale paludato da un vivere apparentemente sereno, senza ricorrere alle ovvietà di Alberoni, Petronilla propone un'acuta visione ironica dei ma-

Europa, das in den letzten 500 Jahren und aufgrund der bekannten Mechanismen der Selbstbezogenheit als die *Wiege der Zivilisation* angesehen wird, hat der Mann sich berechtigt gefühlt, den Rest der Welt zu kolonialisieren. Und die Frau? Sie bereitet ihre Befreiung vor. In „Eva führt Adam an der Leine" revanchiert sich die Frau auf andere Weise und unterstreicht die Tatsache, dass die Macht stets an die Art und Weise gebunden ist, wie man sich darstellt: in diesem Fall übt Eva ihre Herrschaft nicht nur durch die Leine aus, sie ist auch im größeren Maßstab als Adam dargestellt. Die visuelle Lösung, welche die Künstlerin mit ihren Skulpturen und Zeichnungen anbietet – bei denen sich die Kategorien Kunst und Handwerk in den Papierschichten und der überdeckenden Bemalung vereinen – zerschlägt den gordischen Knoten der Inkompatibilität der Geschlechter. Obschon der gesunde Feminismus der sechziger Jahre versucht hat, die Autonomie der Frau, die ihre Rolle als Hausfrau und Mutter satt hatte, wiederherzustellen, wurden die Beziehungsprobleme nicht gelöst und sind vor allem in der westlichen Zivilisation scharf ausgeprägt.

Das *aufreißerische Machotum* ist noch immer weit verbreitet und wird moralisch abgesegnet, während ein um sich greifendes Phänomen wie die Prostitution in der verbreiteten Meinung scheinbar nur existiert, weil die Immigrantinnen, die zu den Handlangerinnen des Sexgewerbes geworden sind, moralisch verwerflich in den Straßen und Bordellen anschaffen gehen, in denen die Männer, oder vielmehr außerirdische Wesen, Tröstung für ihre familiären und sexuellen Frustrationen suchen. Die Zahl der Trennungen und Scheidungen nimmt ständig zu und das gegenseitige Nichtverstehen von Mann und Frau führt zu unheilbaren Brüchen und auch zum Verlust der Freundschaft; Paare mit oder ohne Nachwuchs, die lange glücklich und zufrieden zusammengelebt haben, trennen sich plötzlich wegen erlittenen Unrechts und werden als Unverträglichkeit des Charakters oder zu grosse Wesensgleichheit

lesseri sociali, suggerendoci che spesso una risata scioglie nodi psichici nei confronti dei quali anche la psichiatria è impotente.

Molti personaggi di Petronilla operano a due: la coppia di "Bagnanti", quella di "Ballerini" o quella dei "Cinesini" fanno il verso ai più solitari "Ginnasta provetto" e al "Ballerino col fiore in bocca", esili figure grottesche in cerca di un contatto umano che le salvi dalla solitudine. Movimenti armoniosi di corpi sgraziati, visi inespressivi con grandi occhi da fumetto si mostrano nel teatro dell'assurdo di una quotidianità schiacciata nel ruolo di sempre, nell'anonimato dell'emulazione, nella religiosa osservanza di un potere mediatico stabilito da altri il cui centro si è frammentato e sfuggito di mano agli stessi artefici. Al "Torero potente", per autorappresentarsi, non resta che sostituire ai propri genitali un piccolo toro, vittima di un sacrificio che si consuma ben oltre l'arena.

Il paziente lavoro dell'artista, cosciente del suo creare, aggiunge fogli di carta strato su strato, imbevuti di colle che mantengono l'opera compiuta morbida al tatto; rimane morbida la mela di Eva che il coperchio di un cassetto troppo piccolo non riesce a chiudere, offrendo *prêt-à-porter* un altro tabù pronto da violare. L'estetica è implosa e l'idea di bellezza soffocata già nel momento in cui Lautréamont definì la bellezza "l'incontro casuale su un tavolo anatomico di una macchina da cucire e di un ombrello". Nella serie dei disegni satirici Petronilla mette letteralmente a nudo una modernità frammentata, una realtà frantumata da troppe guerre di ogni genere e grado, finalizzate al profitto e all'esercizio ideologico del potere: si salvi chi può attraverso l'esercizio critico della ragion pratica, e chi non ce la fa può sempre consolarsi indossando una maschera che lo faccia sentire ogni volta all'altezza della situazione contingente. È il conflitto di genere, tra generi, dove il gioco di ruolo è governato dalle regole dell'apparenza.

Ma è anche, del resto, il conflitto nel mondo dell'arte. Si pensi alle grandi istituzioni museali,

bemäntelt: menschliche Überlebensstrategien, die von der Ohnmacht, diktiert werden, kritische Entscheidungen zu treffen, die zu viele Gewissheiten in Frage stellen würden, die längst nutzlos geworden sind. Angesichts dieser Zerfallserscheinungen der Ehe, verdeckt unter einem scheinbar heiteren Leben, jedoch ohne die Selbstverständlichkeit Alberonis, bietet Petronilla eine scharfe, ironische Sicht der gesellschaftlichen Malaise und legt nahe, das ein Lachen oft psychologische Knoten löst, bei denen auch die Psychiatrie machtlos ist.

Viele Figuren von Petronilla treten zu zweit auf: das Paar der „Badenden", das der „Tänzer" oder das der „Chinesen" stehen in Kontrast zu den einsameren „Bejahrten Turner" und zum „Tänzer mit Blume im Mund", schmächtige, groteske Figuren auf der Suche nach einem menschlichen Kontakt, der sie aus der Einsamkeit erlöst. Harmonische Bewegungen plumper Körper, ausdruckslose Gesichter mit großen Comic-Augen zeigen sich in einem absurden Theater einer Alltäglichkeit, die von der immer gleichen Rolle zerdrückt wird, in der Anonymität der Nacheiferung, in der religiösen Ehrfurcht vor einer von anderen eingerichteten Medienmacht, deren Zentrum zerbrochen ist und das auch der Kontrolle seiner Schöpfer entglitten ist. Dem „Mächtigen Torero" bleibt nichts anderes übrig, als seine Genitalien durch einen kleinen Stier zu ersetzen, um sich selbst darzustellen, ein Opfer, das weit über die Arena hinausgeht.

Die geduldige Arbeit der Künstlerin, die sich ihres Schaffens bewusst ist, fügt die in Kleister getauchten Blätter Schicht um Schicht hinzu, sodass das fertige Werk weich bleibt; weich bleibt der Apfel der Eva, den der Deckel eines zu kleinen Faches nicht ganz schließen kann, wodurch *prêt-à-porter* ein weiteres, zu verletzendes Tabu angeboten wird. Die Ästhetik ist nach innen gewendet und die Idee der Schönheit wurde bereits in dem Moment erstickt, in dem Lautréamont die Schönheit als „die zufällige Begegnung einer Nähmaschine und eines Regenschirms

che organizzano soprattutto mostre sensazionali per attirare un pubblico sempre più vasto, facilmente esaltabile alla vista dei capolavori. Fare cultura, al di fuori di un esercizio accademico della cultura e di una gestione delle risorse culturali ancora troppo politicizzata, sembra un compito arduo anche per gli artisti: il successo legato al mercato e all'incremento di valore delle opere, diventa un *must* finalizzato alla vendita e a una felice sopravvivenza. Artisti e istituzioni si sentono costretti all'osservanza della regola dettata dal senso comune che privilegia l'apparenza.

I giochi sono fatti come avverte Wolfe, la religione dell'arte è diventata la nuova Chiesa, il grande pubblico, commosso di fronte ai capolavori, emozionato dal grande *Spettacolo dell'Arte* delle *mostre-spettacolo*, non decide nulla: "L'idea che il pubblico accetti o respinga qualunque cosa dell'arte moderna, l'opinione che il pubblico disprezzi, ignori, non riesca a comprendere, lasci appassire o faccia in briciole lo spirito o commetta tanti altri delitti contro l'arte o contro i singoli artisti, è una pura finzione romantica, è un dolce-amaro sentimento borghese. I giochi sono fatti e le coppe distribuite molto prima che il pubblico sappia ciò che accade (...) I visitatori, il cui numero ammirevolmente alto è registrato nelle relazioni dei musei, tutti quegli studenti e quelle comitive e quelle mamme e quei papà e quegli intellettuali occasionali sono dei semplici turisti, degli allocchi cacciatori di autografi, che assistono alla parata finché dura il gioco del Successo in Arte. Al pubblico si dà il fatto compiuto e l'annuncio a stampa".

Come scrive la Salaris nella presentazione del libro "Contro l'arte e gli artisti" di Gimpel, "il pubblico che legge, va al cinema, compra dischi e riempie gli stadi per i concerti, può determinare il successo d'un libro, d'un film, influenzando così il gusto. Invece, questo non è mai accaduto nel campo dell'arte".

Insomma, Petronilla ci fa entrare in un mondo dell'arte contemporanea non così improbabile. Tanto

auf einem Seziertisch" beschrieb. In der Serie der satirischen Zeichnungen stellt Petronilla buchstäblich eine fragmentierte Modernität bloß, eine Realität, die an zu vielen Kriegen aller Art zerbrochen ist, die auf den Profit und die ideologische Machtausübung ausgerichtet sind: Rette sich wer kann durch den kritischen Gebrauch der praktischen Vernunft, und wer es nicht schafft, der kann sich immer noch trösten, indem er sich eine Maske aufsetzt, die es ihm gestattet, sich jedes Mal auf der Höhe der zufälligen Situation zu fühlen.

Es geht außerdem aber auch um den Konflikt in der Welt der Kunst. Man denke dabei an die großen Museen, die vor allem spektakuläre Ausstellungen organisieren, um ein immer größeres Publikum anzuziehen, das durch Meisterwerke leicht zu begeistern ist. Außerhalb des akademischen Kulturbetriebs und einer noch immer zu stark politisierten Verwaltung der kulturellen Ressourcen Kultur zu machen, erscheint auch für die Künstler große Herausforderung: der Erfolg auf dem Markt und der Anstieg des Werts der Werke wird zu einem *Muss*, das auf den Verkauf und das glückliche Überleben abzielt. Künstler und Institutionen sehen sich gezwungen, die Regel einzuhalten, die vom gemeinen Verstand diktiert wird, der der Schein privilegiert.

Les jeux sont faites, wie Wolfe sagt, die Religion der Kunst ist zur neuen Kirche geworden, das große Publikum, begeistert von den Meisterwerken, bewegt vom *Spektakel der Kunst* der *Event-Ausstellungen*, entscheidet nichts: „Die Idee, dass das Publikum etwas in der modernen Kunst annimmt oder ablehnt, die Auffassung, dass das Publikum verachtet, ignoriert, nicht versteht, den Geist verdörren lässt oder zersetzt oder weitere andere Delikte gegen die Kunst oder gegen einen einzelnen Künstler begehen, ist eine bloße romantische Fiktion, eine süß säuerliche bürgerliche Gesinnung. *Les jeux sont faites*, die Kelche sind verteilt, bereits lange, bevor das Publikum weiss, was abgeht (...) Die

la produzione in *papier-mâché* quanto i disegni, per quanto apparentemente incantati, non esprimono mai una parodia disincantata, piuttosto una scrittura lucida – *divertita e divertente* l'abbiamo più volte aggettivata – di chi sa riconoscere i retroscena del quotidiano, ma anche le ilari assurdità. Alla fine, infatti, non c'è personaggio, nella sterminata galleria proposta dall'artista austriaca, che non risulti vincente: anche le solitarie figure che, nel dilemma "Essere o Apparire", sembrano rimanere come estranei feticci di se stesse, sono descritte con delicato rispetto e finiscono paradossalmente per emergere per una disarmante semplicità.

Con uno stile rapido e giocoso, *barocco contemporaneo*, Petronilla ci traccia un sentiero. La galleria di donnine rassicurate dal portare al guinzaglio topi e cani sulle quattro ruote, o risanate nei propri bisogni affettivi dal tenere in grembo avidi gatti ridanciani, o sedate nella propria ambizione di *status* dalle borsette targa Gutschi e Wersatsche (giusto per fare il verso alle note case di moda), o ancora fortificate nell'amor proprio mentre annusano la bottiglia di Gin, tutto questo, tratteggiato mirabilmente dalla caustica arte di Petronilla, puntualizza visivamente e in modo decisamente più efficace i discorsi che ho tentato di abbozzare intorno a "Il Mondo di Petronilla": si sa che il delirio elocutorio regna sovrano in tutte le dissertazioni dei critici. Ma al di là di ogni discorso, quello di Petronilla è un Mondo che ciascuno può intuire, partecipando da attore al grande *Spettacolo dell'Arte*, giacché "Il Mondo di Petronilla" è decisamente il "Nostro Mondo", un Mondo per nulla "Nuovo". Petronilla docet.

Besucher, deren bewundernswert hohen Zahlen in den Berichten der Museen verzeichnet werden, all jene Schüler, all jene Gruppen, all jene Mütter und Väter und all jene Gelegenheitsintellektuellen sind einfache Touristen, einfältige Autogrammjäger, die dabei sind, solange der Erfolg andauert. Für das Publikum sind die vollendeten Tatsachen und die Pressemitteilung".

Salaris schreibt in der Präsentation des Buches „Gegen die Kunst und die Künstler" von Gimpel „das Publikum, das liest, das ins Kino geht, das Platten kauft und das bei Konzerten Stadien füllt, kann den Erfolg eines Buches oder eines Films bestimmen und so den Geschmack beeinflussen. Im Bereich der Kunst war dies jedoch nie der Fall".

Petronilla führt uns also in eine Welt der zeitgenössischen Kunst ein, die nicht so unwahrscheinlich ist. Sowohl die Arbeiten aus Pappmaché, als auch die Zeichnungen sind scheinbar verträumt und stellen nie eine nüchterne Parodie dar, sondern sie sprechen eine klare, wie bereits gesagt *vergnügte und vergnügliche* – Sprache und sie verraten die Kenntnis der Hintergründe des Alltäglichen, jedoch auch der heiteren Absurditäten. In der zerschlagenen Galerie, die uns die österreichische Künstlerin vorführt, befinden sich keine Figuren, die nicht zu überzeugen vermögen: auch die einsamen Figuren, die im Dilemma von „Sein oder Schein" sich selbst fremde Fetische zu sein scheinen, werden einfühlsam beschrieben und treten paradoxerweise durch eine entwaffnende Einfachheit zu Tage.

Mit einem schnellen und heiteren, *zeitgenössisch barocken* Stil zeichnet uns Petronilla einen Weg vor. Die Galerie der zierlichen Frauen, die ihre Sicherheit aus den Ratten oder Hunden auf Rädern beziehen, die sie an der Leine führen, die ihren eigenen Bedarf an Zuneigung dadurch befriedigen, dass sie komische, begierige Katzen auf ihrem Schoß halten, die ihre Status-Ambitionen durch Handtaschen der Marken Gutschi und

Wersatsche stillen (ein Seitenhieb auf bekannte Modehäuser) oder die sich in ihrer Eigenliebe bestärken, indem sie an einer Flasche Gin riechen, all dies, in bewundernswerter von der bissigen Kunst von Petronilla skizziert, bringt die Überlegungen, die ich über „Die Welt der Petronilla" angestellt habe, sichtbar und deutend effektiver auf den Punkt: Es ist bekannt, dass die delirierende Ausdrucksweise alle Abhandlungen von Kritikern beherrscht. "Die Welt von Petronilla" ist jedoch jenseits aller Worte eine Welt, die jeder intuitiv erfassen kann, indem er in erster Person am großen *Spektakel der Kunst* teilnimmt, denn „Die Welt der Petronilla" ist wie bereits gesagt ganz entschieden „unsere Welt", eine Welt, die uns ganz und gar nicht „neu" ist. Petronilla docet.

Le Opere
Die Werke

Donna di colore con calla
Schwarze Frau mit Blume
2003
papier maché e acrilici
h cm 177

La Suora raffinata (I)
Die verfeinerte Nonne (I)
2004
papier maché e acrilici
h cm 169

La Suora raffinata (II)
Die verfeinerte Nonne (II)
2004
papier maché e acrilici
h cm 172

Vita bassa e colla di pelliccia
Niedriges Leben und
Hals von Pelzmantel
2004
papier maché e acrilici
h cm 166

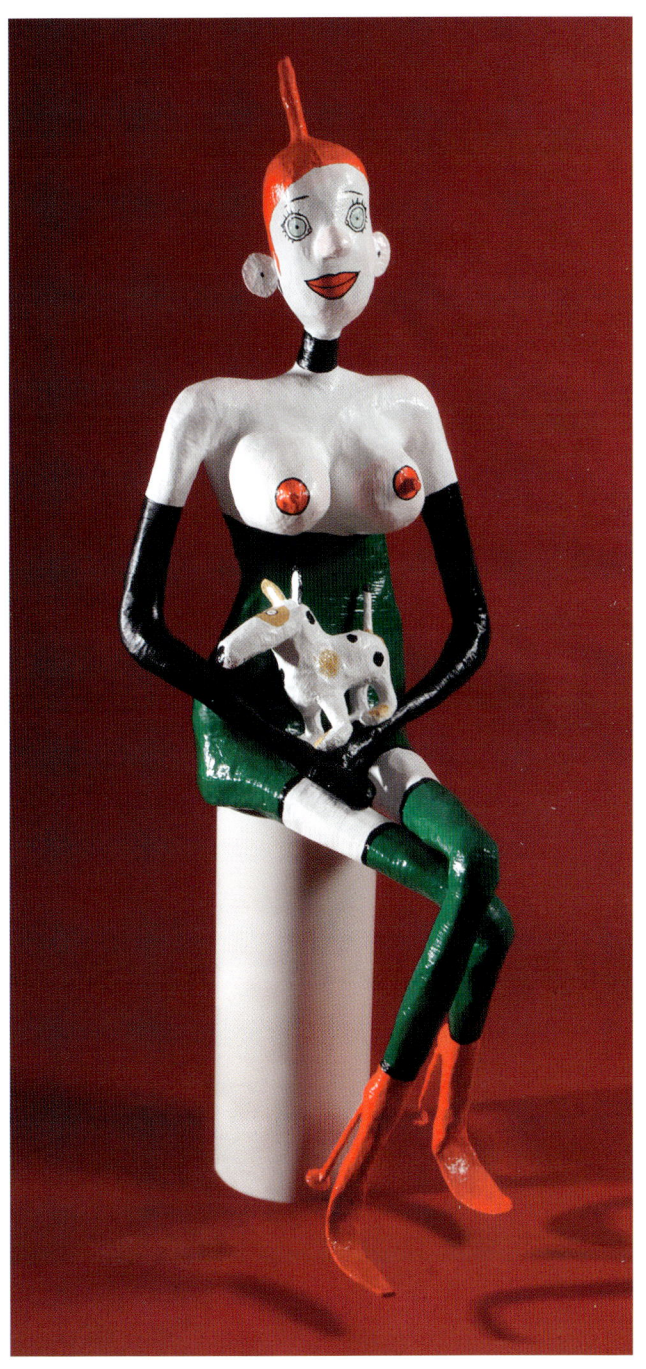

Donna seduta con cane
Frau Sitzung mit Hund
2004
papier maché e acrilici
h cm 145

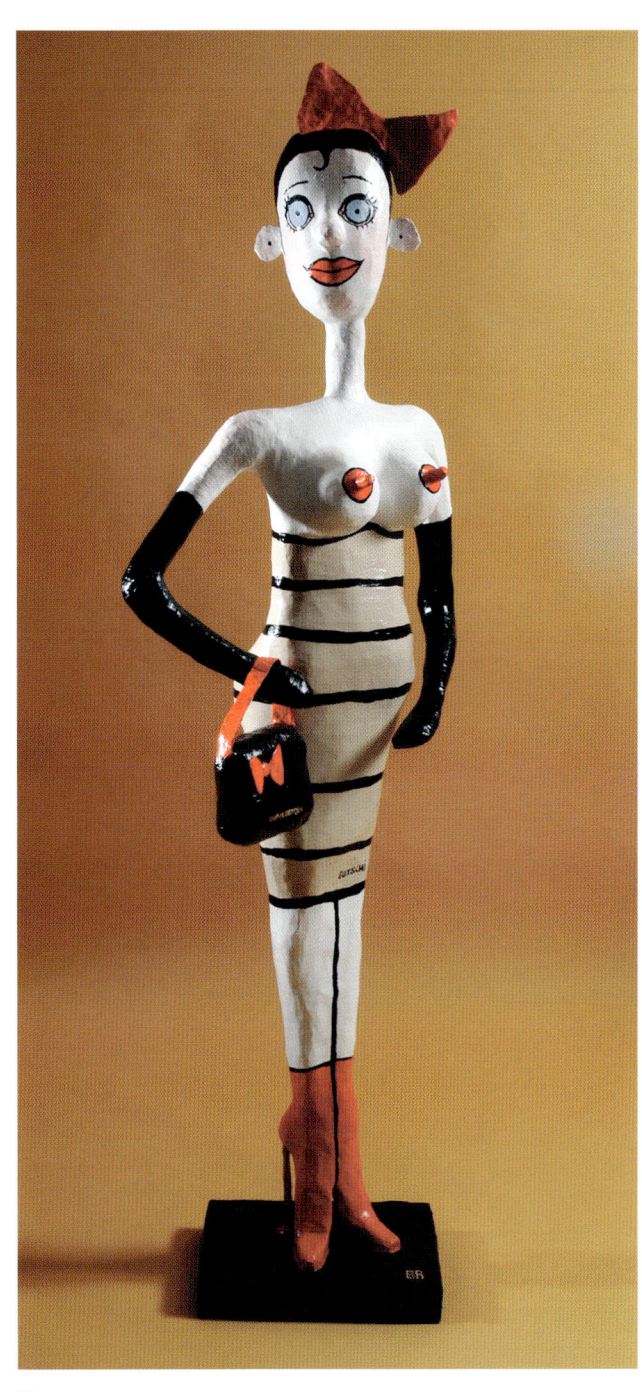

Bella e pretenziosa (I)
Schön und anmassend (I)
2004
papier maché e acrilici
h cm 174

Bella e pretenziosa (II)
Schön und anmassend (II)
2004
papier maché e acrilici
h cm 174

Africa Bella
Schöner Africa
2004
papier maché e acrilici
h cm 178

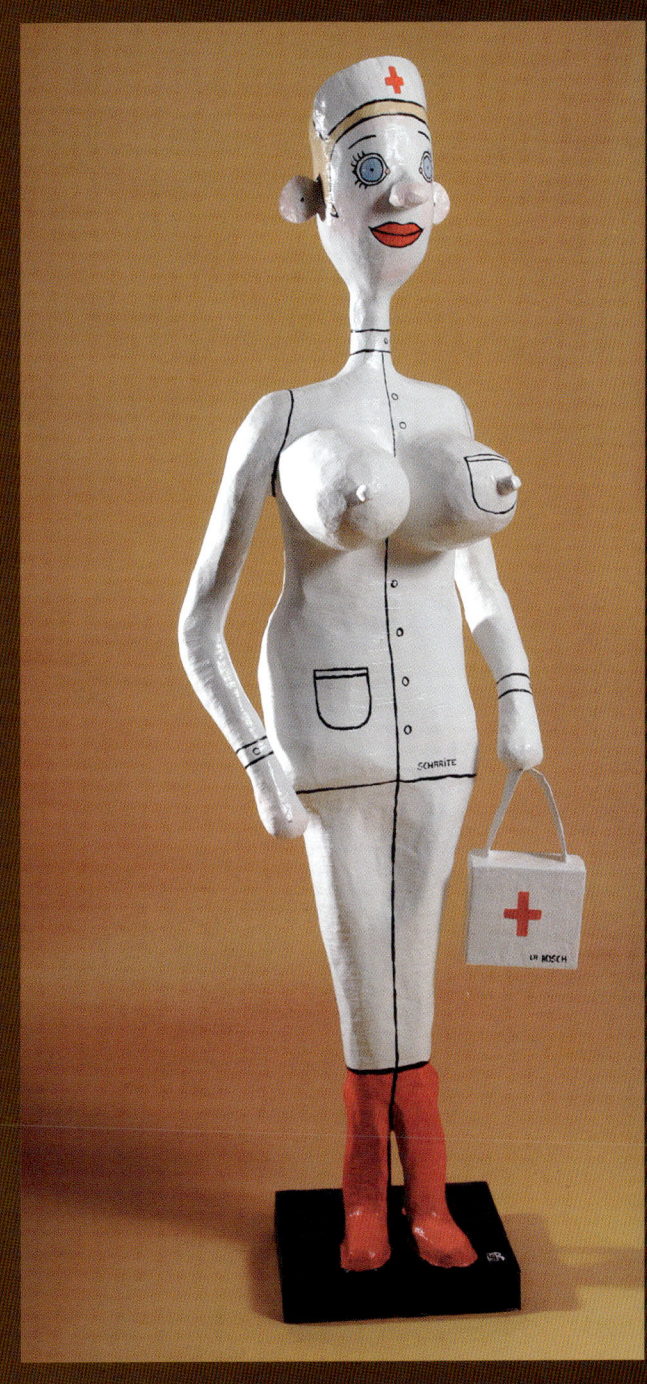

*Non sparate
sulla Croce Rossa
Ihr schiesst nicht
auf dem Croce Rossa*
2004
papier maché e acrilici
h cm 173

Ooooolé!
Ooooolé!
2004
papier maché e acrilici
h cm 182

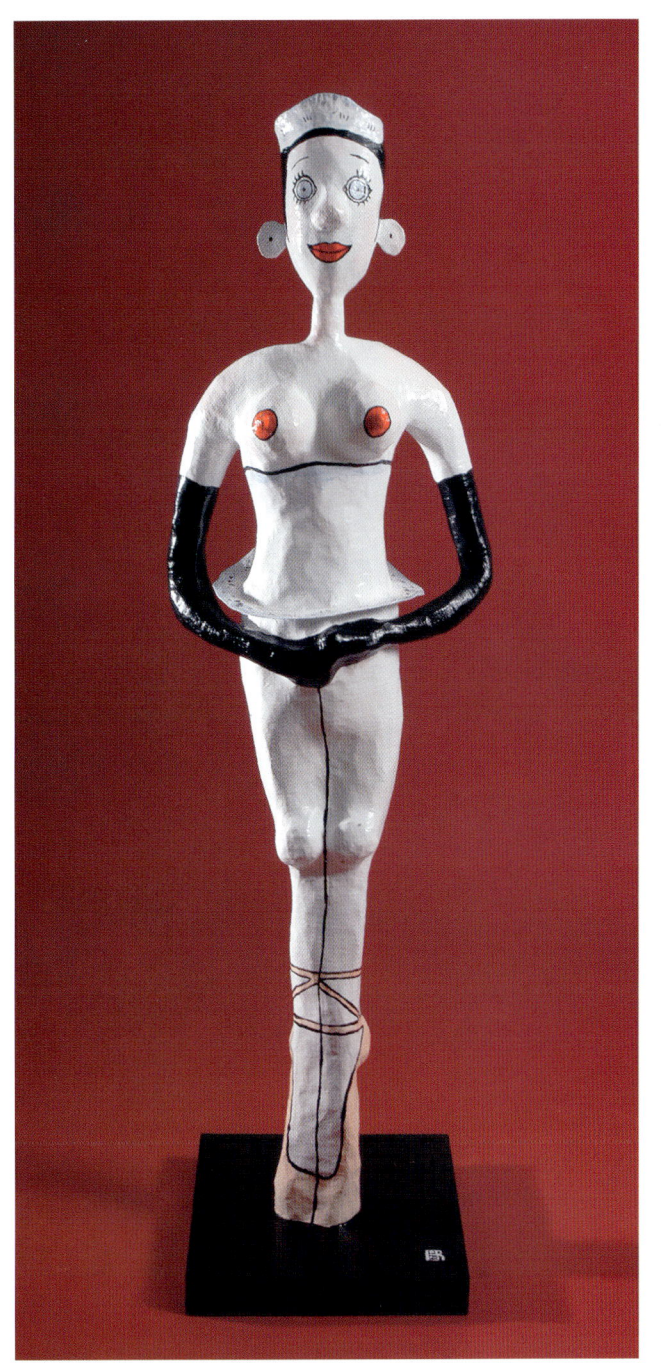

Io ballo da sola
Ich tanze allein
2004
papier maché e acrilici
h cm 160

La sirena acrobata
Die Sirene Akrobat
2003
papier maché e acrilici
h cm 119

Donna-Sciamano
Frau-Schamane
2003
papier maché e acrilici
h cm 178

In Origine, Eva e Adamo
Am Anfang, Eva und Adamo
2004
papier maché e acrilici
h cm 174

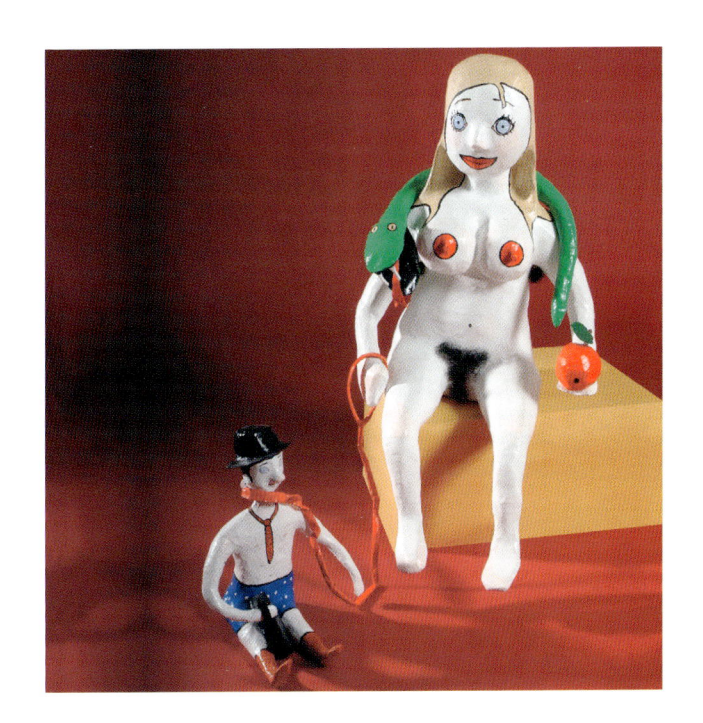

*Eva porta Adamo
al guinzaglio
Eva führt Adam an
der Leine*
2003
papier maché, acrilici
e crine di cavallo
h cm 84 e cm 34

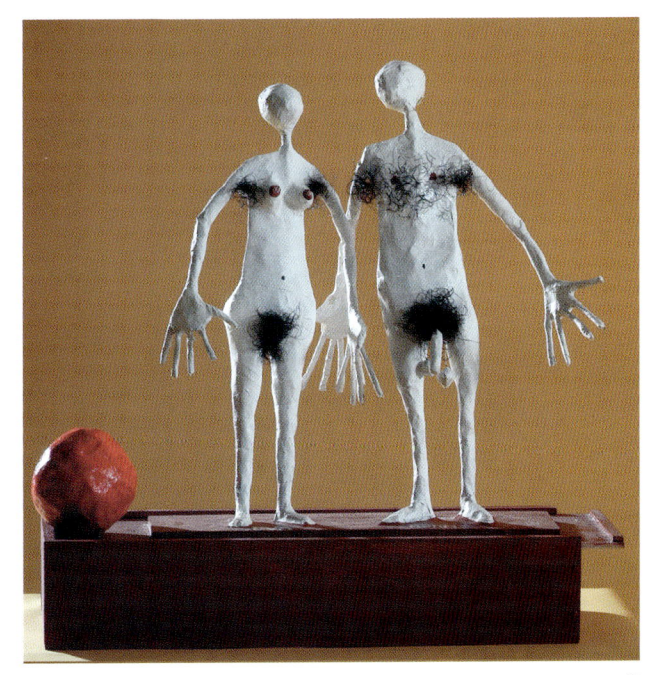

*Il gioco di Adamo ed Eva
Das Spiel von
Adamo und Eva*
2003
papier maché, acrilici,
crine di cavallo e legno
h cm 40

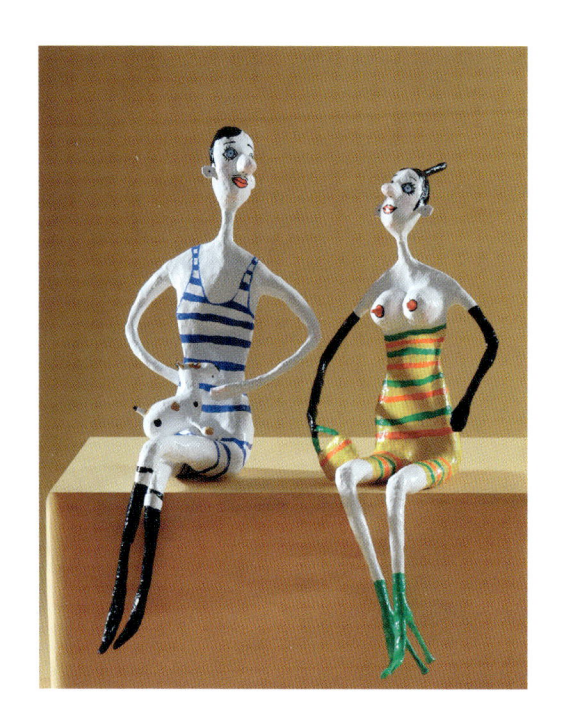

I bagnanti
Die Badenden
2004
papier maché e acrilici
h cm 50

La suora e il prete
Die Nonne und der Priester
2004
papier maché e acrilici
h cm 37

Il Torero potente
Der mächtige Torero
2004
papier maché e acrilici
h cm 46

La crocerossina sexy
Die sexy Krankenschwester
2004
papier maché e acrilici
h cm 54

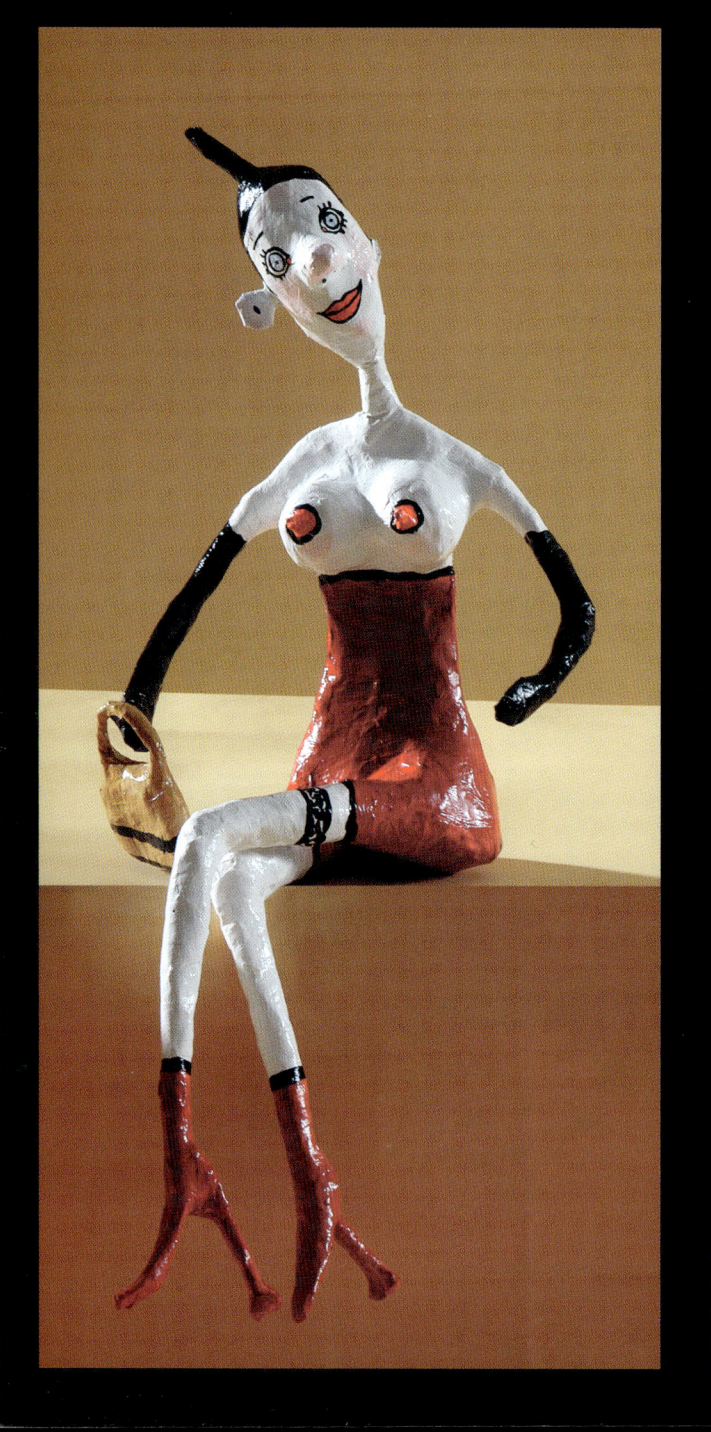

Pupetta (I)
Pupetta (I)
2004
papier maché e acrilici
h cm 36

Ballerino
con fiore in bocca
Tänzer
mit Blume in Mund
2004
papier maché e acrilici
h cm 50

Il Re e il Gatto
Der König und die Katze
2004
papier maché e acrilici
h cm 63

La Vispa Teresa
Der muntere Teresa
2004
papier maché e acrilici
h cm 61

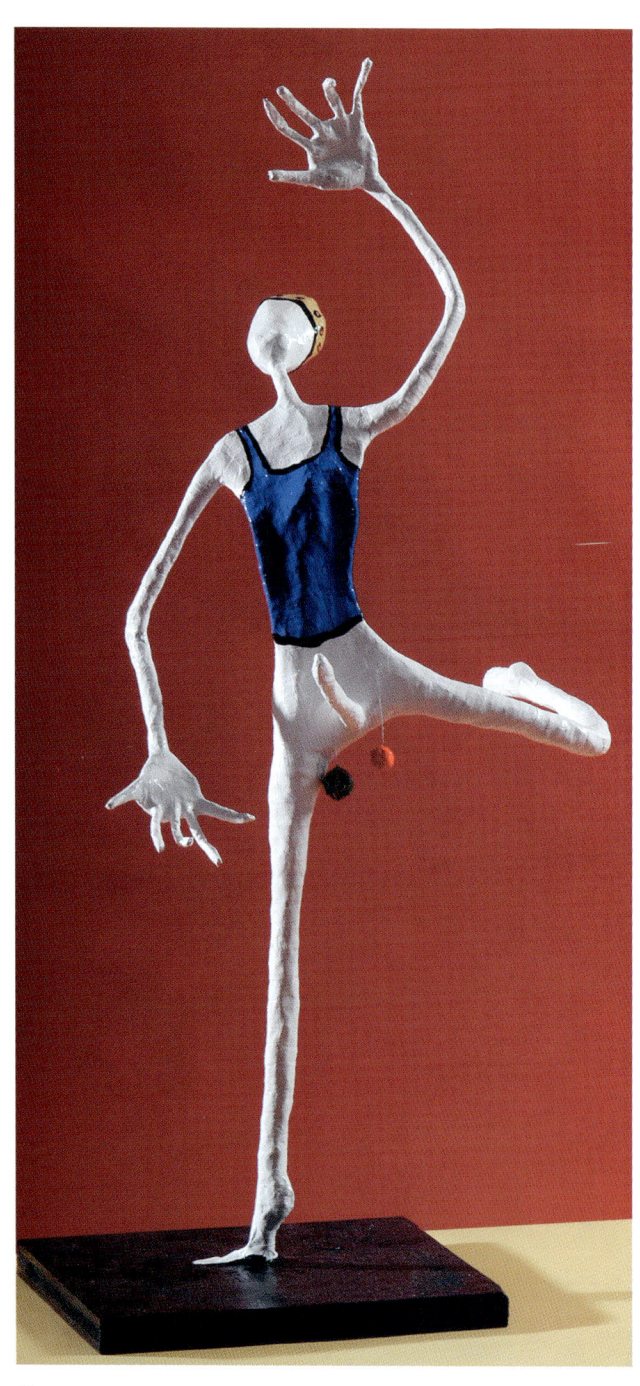

Il ginnasta provetto
Der erfahrene Turner
2003
papier maché e acrilici
h cm 63

Gli acrobati
Die Akrobaten
2003
papier maché e acrilici
h cm 138

I ballerini
Die Tänzer
2003
papier maché
e acrilici
h cm 50

Il Re e il Buffone
Der König und der Narr
2003
papier maché e acrilici
h cm 36

I Cinesini
Die Chinesen
2003
papier maché e acrilici
h cm 24

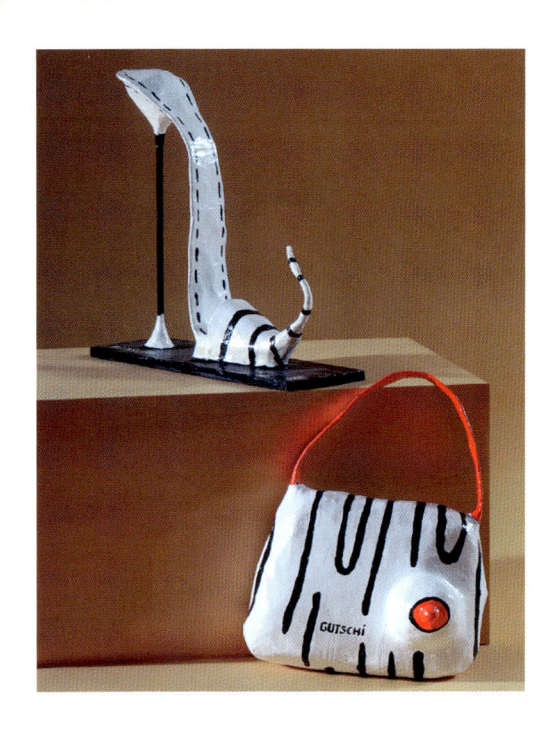

Only Gutschi (I e II)
Only Gutschi (I e II)
2003
papier maché e acrilici
h cm 28 e cm 28

Borsa-Gatto
Tasche-Katze
2003
papier maché e acrilici
h cm 32

Gutschi for men
Gutschi for men
2003
papier maché e acrilici
h cm 74

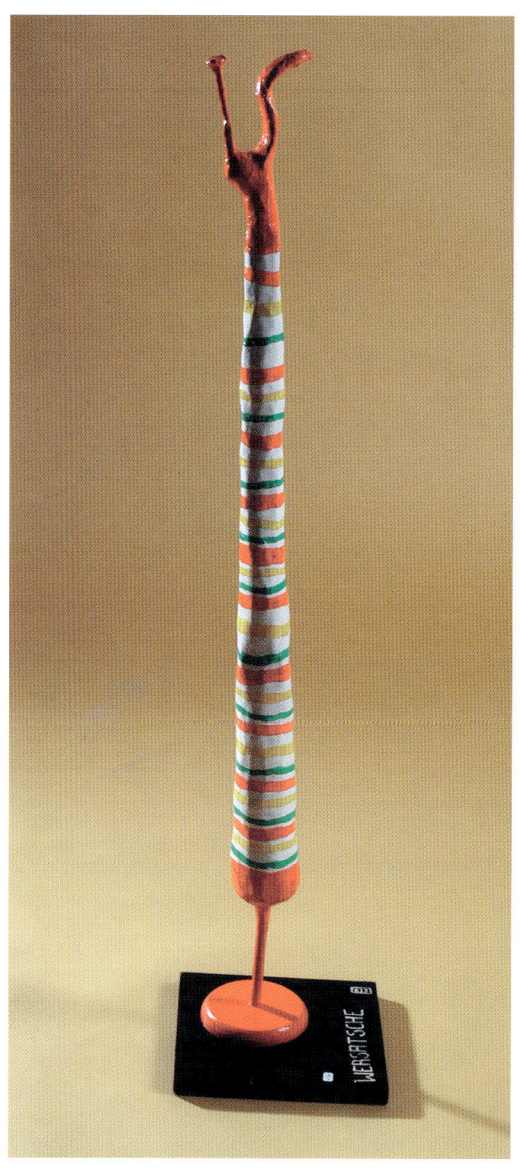

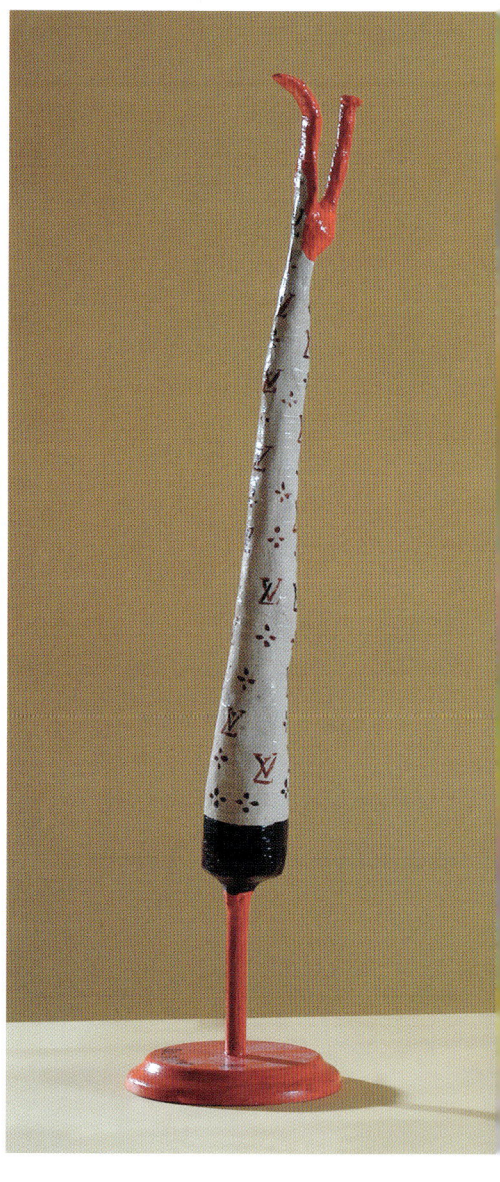

Gamba Wersatsche con scarpa
Bein Wersatche mit Schuh
2003
papier maché e acrilici
h cm 90

Gamba LV con scarpa
Bein LV mit Schuh
2003
papier maché e acrilici
h cm 54

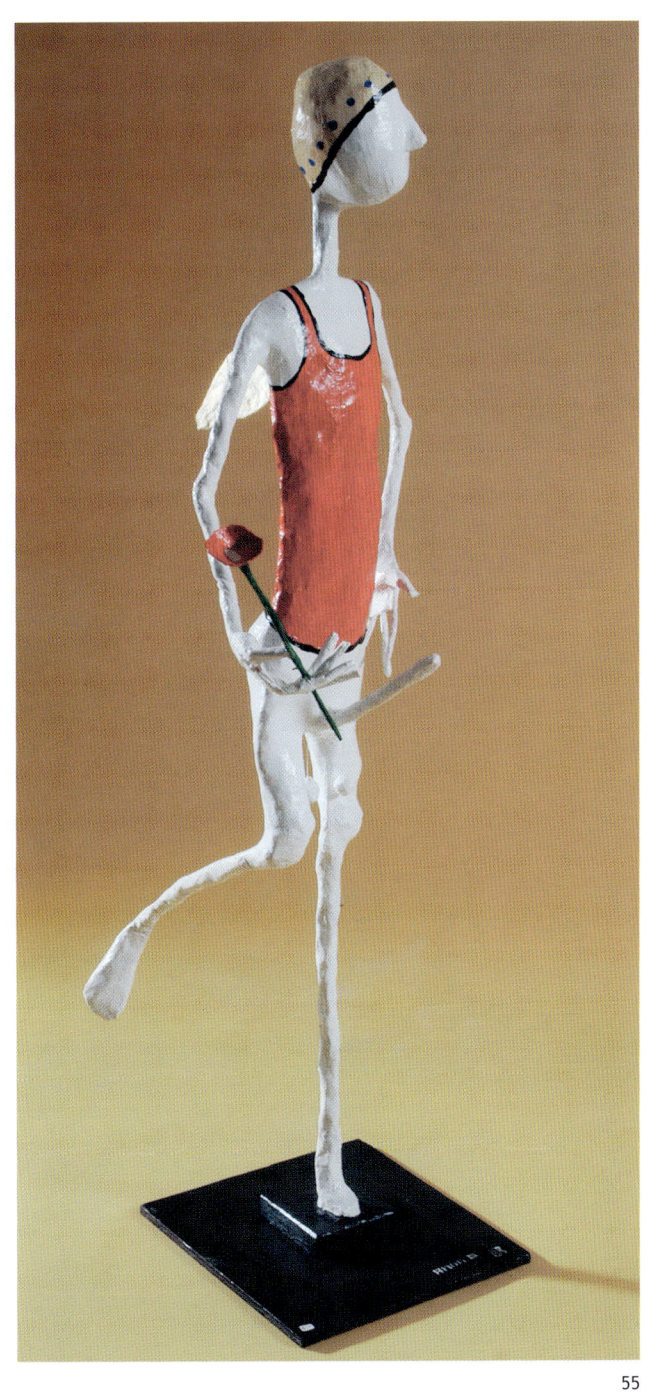

Amor III
Amor III
2003
papier maché e acrilici
h cm 110

Giorno per giorno in un anno - 365 + 2 figure

La scultura è nata dall'idea di creare una figura al giorno per un anno intero. Con questa opera si è voluto scoprire cosa potesse succedere a tutte queste figure e quindi alla scultura stessa e come la percezione di questa potesse cambiare nel corso dell'anno.

La trasformazione interiore che avviene in questo lavoro, due o tre ore al giorno, è evidenziata nelle singole figure, una diversa dall'altra, proprio come ogni giorno è diverso dal successivo.

La scultura traduce così la routine quotidiana e la monotonia che molti conoscono e che considerano fondamentale per una vita sicura.

Petronilla

Das alldraistiche Jahr - 365 + 2 einzelfiguren

Die Skulptur entstand aus dem Vorsatz jeden Tag eine Figur zu erstellen, jeden Tag für die Dauer eines Jahres das gleiche zu tun und zu ergründen was dann geschieht, was sich verändert und die Geduld zu haben die Skulptur wachsen zu lassen, die nur über die Distanz eines Jahres wachsen konnte.

Die inneren Veränderungen bei dieser Tätigkeit werden in den Einzelfiguren, deren Erstellung je 2-3 Stunden dauerte, manifest, da keine exakt der anderen gleicht, genauso wie kein Tag dem anderen gleicht.

Die Skulptur visualisiert dadurch einen Lebenszustand, eine Art tägliche Monotonie, die viele in ähnlicher Weise erleben und die sich nicht wenige als Ausdruck einer Lebenssicherheit wünschen.

Petronilla

Giorno per giorno in un anno - 365 + 2 figure
Das alldraistiche Jahr - 365 + 2 einzelfiguren
2003
papier maché e acrilici
h cm 60

Torero I
Stierkämpfer I
2003
china su carta
cm 33,5 x 31,5

Torero II
Stierkämpfer II
2003
china su carta
cm 33,5 x 31,5

Torero III
Stierkämpfer III
2003
china su carta
cm 33,5 x 31,5

Torero IV
Stierkämpfer IV
2003
china su carta
cm 33,5 x 31,5

Torero V
Stierkämpfer V
2003
china su carta
cm 33,5 x 31,5

Torero VI
Stierkämpfer VI
2003
china su carta
cm 33,5 x 31,5

La suora gravida
Die schwangere Nonne
2003
china su carta
cm 33,5 x 31,5

Guardia Svizzera
Schweizergarde
2003
china su carta
cm 33,5 x 31,5

La Rosch
La Rosch
2003
china su carta
cm 33,5 x 31,5

I giardinieri
Die Gärtner
2003
china su carta
cm 33,5 x 31,5

Don Chisciotte I
Don Chischiotte
2003
china su carta
cm 33,5 x 31,5

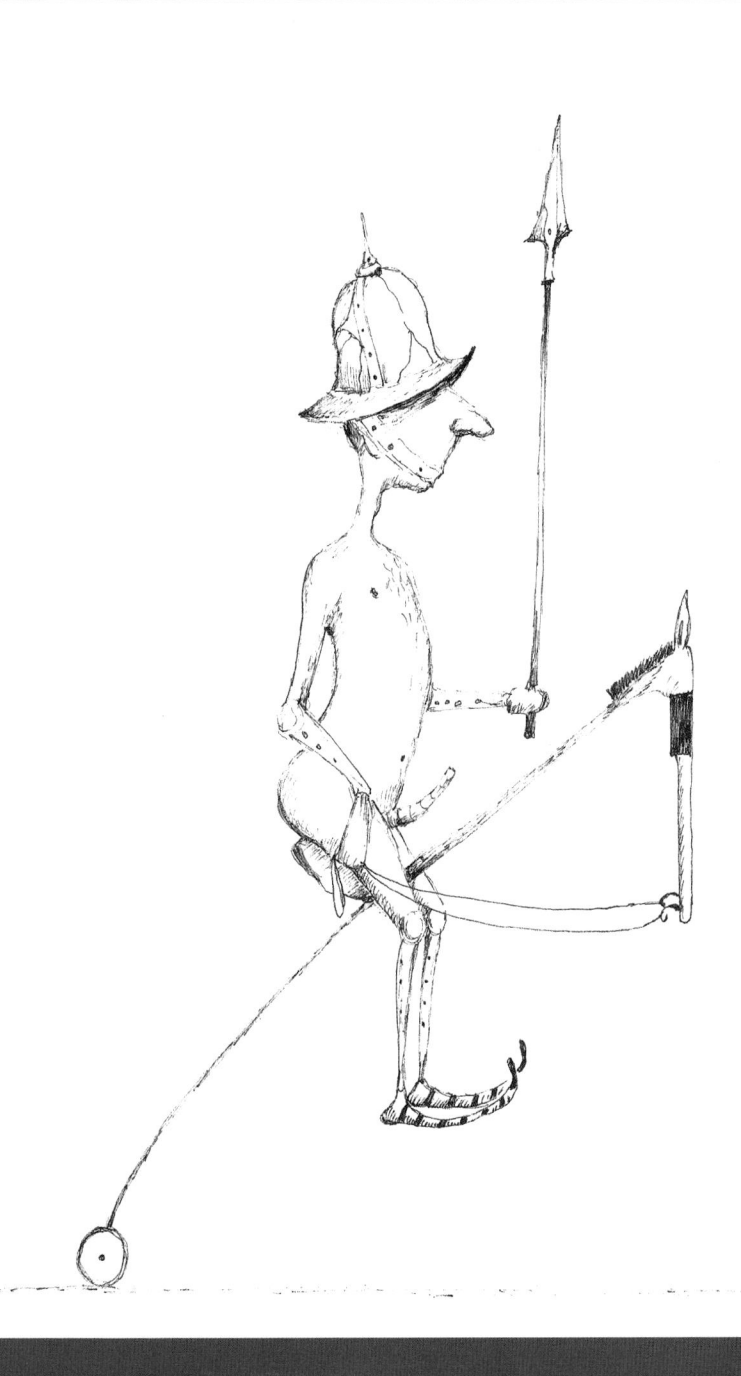

Don Chisciotte II
Don Chischiotte II
2003
china su carta
cm 33,5 x 31,5

Eterea primavera
Ätherischer-Frühling
2003
china su carta
cm 33,5 x 31,5

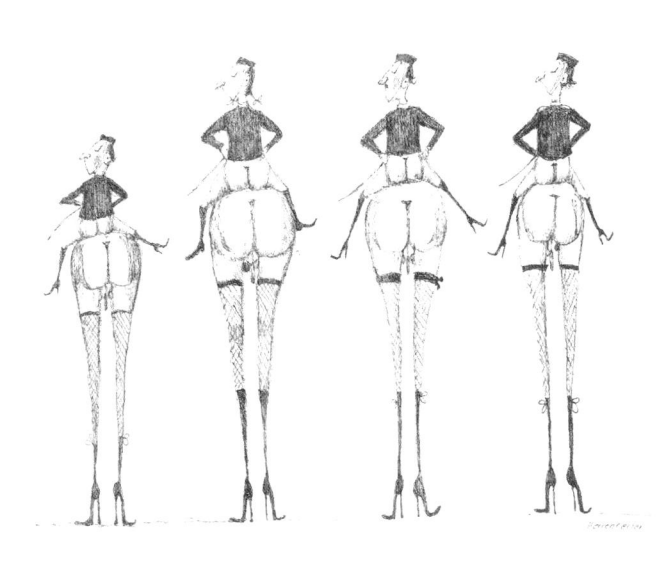

Padronale-equestre
Herrenreiter
2003
china su carta
cm 33,5 x 31,5

Toletta
Toilette
2003
china su carta
cm 33,5 x 31,5

Donna con cane
Frau mit Hund
2003
china su carta
cm 33,5 x 31,5

Donna con gatti
Frau mit Katzen
2003
china su carta
cm 33,5 x 31,5

Donna con cane al guinzaglio
Frau mit Hund zur Leine
2003
china su carta
cm 33,5 x 31,5

Donna con topo al guinzaglio
Frau mit Maus zur Leine
2003
china su carta
cm 33,5 x 31,5

Parata pubblica
Öffentliche Parade
2003
china su carta
cm 33,5 x 31,5

Parata privata
Private Parade
2003
china su carta
cm 33,5 x 31,5

Al bar (I)
Zum Café (I)
2003
china su carta
cm 33,5 x 31,5

Al bar (II)
Zum Café (II)
2003
china su carta
cm 33,5 x 31,5

Uomo con sorpresa
Mann mit überraschung
2003
china su carta
cm 33,5 x 31,5

Le funambole
Die Seiltänzerinnen
2003
china su carta
cm 33,5 x 31,5

Il bagno (I)
Das Bad (I)
2003
china su carta
cm 33,5 x 31,5

Il Bagno (II)
Das Bad (II)
2003
china su carta
cm 33,5 x 31,5

Note biografiche

Nelly Bührle-Anwander è nata a Bregenz nel 1961, ma trascorre la sua giovinezza a Stoccarda. Dal 1980 torna a vivere in Austria dove è protagonista di numerose esposizioni, così come in Svizzera. Dal febbraio del 2001, l'artista lavora nel suo atelier in Kornmarktplatz a Bregenz.
Dall'inverno 2001-2002 espone ogni anno a Lech (Fux). Nel novembre 2002 e nel novembre 2003 Nelly partecipa ad una collettiva alla Galleria del Neuen Palais di Postdam. Nel maggio-ottobre del 2004 espone alla Lugerhaus di Dornbirn. Nel marzo del 2005 esporrà alla Galleria GB5 di Rotterdam.

Nelly crea numerose opere utilizzando la tecnica ad olio e poliestere sia per clienti privati che per istituzioni, come nel caso del Waldorf Kindergarten a Bregenz.
Dal 2000 al 2001 i suoi disegni satirici sono pubblicati nella popolare gazzetta viennese "Augustin".
Negli anni sperimenta varie tecniche: chine, acquerelli, olio e acrilici, sculture in poliestere, gesso e bronzo, e la sua raffinata tecnica di trattamento della carta sono "marchi" del suo originalissimo stile artistico.

Nelly crea le sue sculture in papier-maché partendo dai modelli ad olio, ovvero i temi delle sculture nascono dal disegno.
Ama trasferire nella sua produzione le questioni sui ruoli sociali; la qual cosa fa sì che l'osservatore possa riconoscere se stesso o il proprio partner in quei modelli.
Comicità e satira, nelle sue opere, inducono così l'osservatore a ridere di se stesso e del prossimo.

Biographische Noten

Nelly Bührle-Anwander wurde 1961 in Bregenz geboren, aufgewachsen in Stuttgart. Seit 1980 wieder in Österreich. Seit 01.02.2001 arbeitet die Künstlerin in ihrem Atelier am Kornmarktplatz in Bregenz.
November 2002 und November 2003 Teilnahme an themen-bezogenen Gruppenausstellungen in der Galerie am neuen Palais in Potsdam. Hier folgt im März 2005 eine Einzelausstellung.
Seit Winter 2001/2002 jährliche Ausstellung in Lech (Fux).
Mai – Oktober 04 Ausstellung im Lugerhaus in Dornbirn. Im März 2005 eine Ausstellung in der Galerie GB5 in Rotterdam.

Diverse Auftragsarbeiten in Öl und Polyester (für Private, sowie z.B. für den Waldorf Kindergarten in Bregenz).
2000 - 2001 Regelmäßige Veröffentlichungen von Karikaturen in der Wiener Straßenzeitung Augustin.
Bilder in Tusche, Aquarell, Öl und Acryl, Skulpturen in ihrer selbst entwickelten Papier/Verbundtechnik, in Polyester, Ton und in Bronze, Ausgehend von Tuschezeichnung und Aquarell

Acrylbild hat die Künstlerin zur Skulptur gefunden. Anfangs vor allem um den in den Bildern dargestellten Motiven figürliche Dimension zu geben.
Die Künstlerin liebt es vorhandene Rollenbilder zu hinterfragen und den Betrachter sich und andere darin erkennen zu lassen.
Die Komik der Darstellung soll den Betrachter erfreuen und ihn in die Lage versetzen über sich und andere lachen zu können.

Finito di stampare
nel mese di dicembre 2004
da Litografia Stella, Rovereto (Tn)